Ye.

24512

ŒUVRES POÉTIQUES

DU

PÈRE JEAN.

Nevers. — Typog. de C. Sionest,
16, rue du Fer.

OEUVRES
POÉTIQUES

DU PÈRE JEAN

divisées en deux parties.

LES ENTR'ACTES

ET

LE VIN BLANC.

A NEVERS

Chez I.-C. LAURENT, libraire, place Saint-Sébastien.

<table>
<tr><td>A MOULINS-ENGILBERT</td><td>A PARIS</td></tr>
<tr><td>Chez l'Auteur ;</td><td>Chez IMBERT, libraire, rue</td></tr>
<tr><td>ou</td><td>des Saints-Pères, 16 ;</td></tr>
<tr><td>Chez M. THIBAUDIN,</td><td>Et chez les Mds de Nouveautés,</td></tr>
<tr><td>md épicier-droguiste.</td><td>Galerie d'Orléans.</td></tr>
</table>

1846

Nota Benè. — En faisant choix, pour la vente de ses opuscules, d'un Épicier qui est en même temps marchand de tabac, l'Auteur pense avoir trouvé le moyen de s'en assurer (au pis-aller) un débit quelconque; aussi se propose-t-il d'examiner, plus tard, s'il n'a pas des droits à un brevet d'invention.

A MES AMIS.

Apparent rari....

Jaubert aîné.

PREMIÈRE PARTIE.

ENTR'ACTES

OU

DÉLASSEMENTS POÉTIQUES.

*Dont acte : fait et passé à Moulins-Engilbert,
en l'étude, etc., etc., etc.*

LA CRÉMAILLÈRE.

A M. Auguste Leblond.

— 1825 —

Air : *Aussitôt que la lumière.*

Messieurs, un peu d'indulgence,
Sur certain meuble assez bon,
Je vais prendre la licence
De chanter une chanson;
Mais, au mot de crémaillère,
Chacun, par aménité,
D'un trait videra son verre,
A titre d'indemnité [1].

Allusion à l'indemnité accordée aux émigrés, laquelle préoccupait vivement les esprits à cette époque.

2

J'entends un murmure aimable,
Qui m'autorise à penser
Qu'une indemnité de table
Ne saurait vous offenser ;
Ainsi, sur les crémaillères,
Je puis vous chanter deux mots....
Mais ne laissons pas nos verres
Dans un indigne repos.

Mes amis, je vous l'affirme,
Croyez qu'ils sont dans l'erreur
Ceux qui, de l'ancien Régime,
Me prétendent détracteur;
De planter les crémaillères
Le vieil usage me plaît.....
Si nous vidions nos verres
Je serais plus satisfait.

Cette coutume agréable
Me procure le plaisir
De pouvoir, à cette table,
Aujourd'hui vous réunir ;

En plantant la crémaillère,
Chacun doit boire à longs traits,
Avoir soin que dans son verre
Coule toujours du vin frais.

Leur tendresse pour leur fille,
Amène ici deux époux [1],
Désirant, dans notre ville,
Couler leurs jours près de nous;
Nous plantons leurs crémaillères;
Allons, il nous faut, en chœur,
Chers amis, vider nos verres
Au maintien de leur bonheur.

[1] Mon beau-père et ma belle-mère.

AU COLONEL FABVIER.

~~~

À M. Félix Pawlowsky, ancien aide-de-camp du général
Dwernicky.

— 1827 —

Air : *T'en souviens-tu ? . . . .*

Dis-nous, proscrit, digne enfant de la France,
En quel pays vas-tu porter tes pas?
De l'Africain, qui connaît ta vaillance,
Te verrait-on exercer les soldats?....
Conduirais-tu cette horde barbare
Sous les remparts d'une illustre cité?
Missolonghi[1]!..... Mais, pardon, je m'égare,
Tu combattis pour notre liberté!

[1] La défense de Missolonghi est à jamais célèbre dans les fastes
militaires de la Grèce régénérée.

Brave Français, sur ta noble poitrine,
Brille toujours l'Étoile de l'honneur,
Gage certain que, de son origine,
Tu ne saurais oublier la grandeur.
Quand l'Espagnol, las de son esclavage,
A ses tyrans parla d'égalité,
Tu t'élanças sur les rives du Tage
Pour soutenir la chère liberté!

Après mille ans du sommeil léthargique
Où fut plongée Athène trop longtemps,
Je vois enfin sortir Athène antique,
Je reconnais ses guerriers si vaillants!
J'entends sonner l'heure de la vengeance;
Tremblez, pachas, de votre autorité
Voici la fin; le héros qui s'avance
Va rétablir l'antique liberté!

O mes amis, vous dont le cœur palpite
Aux mots sacrés de patrie et d'honneur,
Gloire à Fabvier, il va, par son mérite,
Du nom français augmenter la splendeur.

Déjà les Grecs, dans leur reconnaissance,
Se font l'écho de la postérité ;
Comme eux, chantons : Vive l'indépendance !
Vive Fabvier ! Vive la liberté ! ! !

A MM. LES ÉLECTEURS DE LA NIÈVRE.

A M. Philippe Gautherin, juge-suppléant.

Cette Chanson a été chantée dans un banquet offert, par plusieurs notables de
Moulins-Engilbert, à MM. Boigues & Dupin aîné, lors de leur passage
en cette ville, le 22 septembre 1828.

Air : *De la pipe de tabac.*

Longtemps un ministre perfide
Sut se faire un jeu de nos lois,
Prendre son caprice pour guide
Et tromper le meilleur des rois.　　*(bis.)*
Tu gémissais, ô belle France,
Mais vinrent les élections,
Tu reconquis l'indépendance
Et l'hommage des nations.　　*(bis.)*

2

Vos suffrages patriotiques,
Chers électeurs du Nivernais,
Furent l'effroi des fanatiques
Et l'orgueil du peuple français.　*(bis.)*
Le commerce et l'agriculture,
Dans l'un de ces nobles élus,
Et nullement dame Censure,
Virent un défenseur de plus.　*(bis.)*

Célèbre par son industrie,
Il fonde un établissement [1],
Qui répand sur notre patrie
Beaucoup d'éclat, beaucoup d'argent.　*(bis.)*
Modèle du libéralisme,
Il ouvre, dans ses ateliers,
Malgré l'odieux jésuitisme,
Une école à ses ouvriers.　*(bis.)*

Au palais comme à la tribune,
L'autre enchante et ravit les cœurs,

---

[1] Fourchambault.

Aussi verrons-nous la fortune
Bientôt l'appeler aux grandeurs.   *(bis.)*
Par ses vertus, par sa science,
Ce député de votre choix,
Non moins que par son éloquence
Rappelle à tous l'immortel Foy.   *(bis.)*

Jeune encor, du *Brave des Braves* [1]
On le choisit pour défenseur;
Et, sans de cruelles entraves,
Nous l'eussions vu sortir vainqueur.   *(bis.)*
Une lutte, non moins brillante,
Le rendit cher à son pays;
Il fit, d'une liste sanglante,
Rayer le dernier des proscrits [2].   *(bis.)*

Foudroyant, par son éloquence,
Le jésuite et l'ignorantin,
Son nom seul est une puissance

[1] Surnom du maréchal Ney.
[2] Savary, duc de Rovigo.

Qui fait trembler Montrouge , enfin [1] ; *(bis.)*
Messieurs, qu'un seul toast exprime
Notre amour pour nos libertés ,
Notre horreur pour le fanatisme :
« A nos illustres Députés! »   *(bis.)*

[1] Dernière demeure des jésuites.

LA SAINT-CHARLES,

ou

RÉPONSE A CES PAROLES :

CE BANQUET SENT LA RÉVOLUTION.

A M. De Cheverry père.

— 1828 —

Air : *C'est l'amour, l'amour.*

Nous sommes des factieux
On l'assure,
Croyant faire injure;
Nous sommes des factieux,
Rendons-en grace aux Dieux !

Guidés par la reconnaissance,
Nous fêtâmes deux députés,
L'honneur de notre belle France,
Les soutiens de nos libertés.

Des verres et des bouteilles
Les doux glougloux, les tintins,
Tout en flattant nos oreilles,
Firent du bruit dans Moulins.

Nous sommes des factieux,
On l'assure,
Croyant faire injure;
Nous sommes des factieux,
Rendons-en grace aux Dieux!

Tout sembla, quand nous conspirâmes,
Sourire à nos moindres désirs,
J'ai vu nos plus aimables dames
Partager nos jeux, nos plaisirs;
Le pauvre, en sa chaumière,
Prit part à notre bonheur,
Bien mieux que par la prière
L'on soulagea son malheur.

Nous sommes des factieux,
On l'assure,
Croyant faire injure;
Nous sommes des factieux,
Rendons-en grace aux Dieux!

Nous avons le malheur de rire
Quand on nous vante les talents,
Quand on nous parle du martyre
De quelques prêtres turbulents.
Nous pensons que la jeunesse
Reçoit de bonnes leçons,
Surtout en fait de sagesse,
Ailleurs que dans leurs maisons.

Nous sommes des factieux,
On l'assure,
Croyant faire injure;
Nous sommes des factieux,
Rendons-en grace aux Dieux !

Dans l'intérêt de notre ville,
Nous croyons qu'à nos échevins
Il ne serait pas difficile
D'améliorer les chemins;
De la sagesse royale
N'osons-nous pas espérer
Une loi municipale
Qui va tout régénérer?

Nous sommes des factieux ,
    On l'assure,
Croyant faire injure ;
Nous sommes des factieux,
Rendons-en grace aux Dieux !

J'ai vu la discorde chagrine
S'agiter longtemps parmi nous :
La Charte...., cette œuvre divine,
Aujourd'hui nous réunit tous.
Messieurs, voulez-vous me croire,
Plus que jamais conspirons :
Je vous propose de boire
A la santé des Bourbons!

Nous sommes des factieux,
    On l'assure,
Croyant faire injure ;
Nous sommes des factieux,
Rendons-en grace aux Dieux !

MM. DUPIN.

HOMMAGE A M. EUGÈNE DUPIN,

AUDITEUR AU CONSEIL D'ÉTAT.

— 1828 —

AIR : *Chantez, dansez*

Amis, sur notre Nivernais,
Qui répand une grande gloire
Et se montre plus que jamais
Sans rivaux dans l'art oratoire?
Qui, des grandeurs, prend le chemin?
    C'est un Dupin !   (*bis.*)

Qui , dans des écrits si savants,
Nous fit connaître l'Angleterre ,
Et par des calculs si piquants
A nos ministres fait la guerre?
Qui fait rougir l'ignorantin?
   C'est un Dupin!   (*bis.*)

Qui, *jeune* encor, sait réunir,
Un grand savoir à l'éloquence ,
Et, sans jamais se démentir,
Garde une noble indépendance?
Qui se couvre de gloire enfin?
   C'est un Dupin !   (*bis.*)

Qui pourrait être assez heureux
Pour dire : « A ma chère patrie
J'ai donné trois fils vertueux,
Sans regrets, je quitte la vie? »
Qui le pourrait?.... C'est bien malin!
   C'est un Dupin!   (*bis.*)

LES ROIS.

À M. D. Berger aîné, d'Autun.

AIR : *J'ai pris goût à la république.*

Partisans des anciens usages,
Vous que j'atttaquai si souvent,
Veuillez recevoir les hommages
Que je vous offre en ce moment;
Abjurant mes erreurs premières,
Pour vous plaire, au moins une fois,
Je marcherai sous vos bannières.....
Mais seulement le jour des Rois.　　(*bis.*)

Au sein des plaisirs et des fêtes,
Le sort désigne un souverain ;
Nous redoutons peu ses conquêtes,
Il ne régnera plus demain ;
Vous que couronne la fortune,
Je vous en prie, écoutez-moi,
Qu'une quête pour l'infortune
Vous rende digne d'être roi.   (*bis.*)

Suivant un usage agréable,
Vous choisissez, dans vingt beautés,
La personne la plus aimable
Qui doit régner à vos côtés ;
En tremblant, et presque avec peine,
J'oserai vous parler de moi :
Je désire embrasser la reine
Pour goûter d'un morceau de roi.   (*bis.*)

Que Sa Majesté me pardonne,
J'éprouve un très vif repentir
D'avoir compromis sa personne
Par un si coupable désir ;

Je répare, veuillez me croire,
La faute, autant qu'il est en moi;
Mais elle est faite, il faut la boire.
Buvons à la santé du roi.   (*bis*.)

Buvons à notre souveraine,
Aux beautés qui forment sa cour,
Et puissions-nous, chaque semaine,
Voir renaître un aussi beau jour!
Avant de nous lever de table,
Je voudrais encore une fois
Porter un toast agréable:
« A la Charte! au meilleur des Rois! » (*bis*.)

LA SAINT-LAURENT.

A M. Rigolet, ancien Officier de la grande armée, Chevalier de la
Légion-d'Honneur.

— 1828 —

Air : *De la pipe de tabac.*

Longtemps je me creusai la tête,
Et j'obtins un beau résultat,
Je voulais célébrer la fête
De l'aquatique *Génévrat* [1] ;   (*bis.*)

[1] A Commagny, près Moulins-Engilbert, où restait M. Rigolet,
il existe une belle fontaine près de laquelle se trouve la statue de
saint Génévrat; dans les temps de sécheresse, veut-on avoir de la
pluie? on jette le saint dans la fontaine; trouve-t-on qu'il a assez
plu? on le retire.

M. Rigolet est mort commandant de la garde nationale de Moulins-Engilbert.

Garde-t'en bien, me dit un sage,
Tu ferais rire à tes dépens,
Si tu chantais un personnage
Qui fait la pluie et le beau temps.   (*bis.*)

Je plaisante, veuillez m'en croire,
J'aimerais mieux, assurément,
Messieurs, plutôt ne jamais boire
Que d'oublier la Saint-Laurent.   (*bis.*
Des fêtes, c'est la plus aimable ;
Là, tout part du meilleur des cœurs,
Notre digne ami, de sa table,
A merveille fait les honneurs.   (*bis.*)

Quand la liberté, sur la France,
Parut jeter un doux regard,
Il partit, sortant de l'enfance,
Et ne revint que vieux grognard.   (*bis.*)
Dans nos campagnes immortelles
Il ceignit son front de lauriers,
Et se montrait, aux yeux des belles,
Le modèle des chevaliers.   (*bis.*)

Il faut, si vous voulez lui plaire,
Partager son dîner souvent;
Mais, si vous ne pouvez le faire,
N'oubliez pas la Saint-Laurent.   (*bis.*)
Que chacun saisisse son verre
Et porte un toast au noble ami,
Qui, chez lui, tout comme à la guerre,
Ne fait jamais rien à demi.   (*bis.*)

LA SAINT=LAURENT.

A M. Moreau, notaire.

— 1829 —

Air : *Restez, troupe jolie.*

Un vieux guerrier que la mitraille
Frappa dans nombre de combats,
Voyait, loin d'un champ de bataille,
S'avancer l'instant du trépas ;
Rappelant son ardeur guerrière,
Il voulut, encore une fois,
Avant de fermer la paupière,
Revoir son épée et sa croix.   (*bis.*)

Aussitôt l'amour de la gloire
Parut briller dans ses regards,
Comme aux beaux jours où la victoire
S'enchaînait à nos étendards.
« Objets chéris, je vous salue,
« Longtemps vous fîtes mon bonheur,
« Même, en ce moment, votre vue
« Enlève à la mort son horreur.   (*bis.*)

« A Iéna, voyant mon courage,
« Le plus illustre des humains,
« De la croix qu'ornait son image
« Me fit don de ses propres mains.
« Adieu, noble et vaillante épée,
« Il ne me sera plus permis,
« O France! de la voir trempée
« Dans le sang de tes ennemis! »   (*bis*

Il porte une main défaillante
Sur ce fer, prix de sa valeur,
Et pose une lèvre mourante
Sur le symbole de l'honneur;

Et puis, pour conserver la vie,
Il ne fit plus aucun effort,
En disant : *Honneur et Patrie*,
Il tendit les bras à la mort.   (*bis.*)

L'honorable légionnaire
Chez qui nous fêtons Saint-Laurent,
Imitera ce militaire
Quand viendra son dernier moment.
Mais, Messieurs, comme rien ne presse
Qu'il parte pour l'Éternité,
Je suis d'avis que l'on s'empresse
De boire, en chœur, à sa santé.   (*bis.*)

LA SAINT-LAURENT.

A M. Lorry, Notaire, ancien Maire.

— 1830 —

Air : *Du Dieu des bonnes gens.*

Vous l'avouerai-je ? on me faisait un crime,
Hier, encor, d'aimer la Liberté ;
L'on ajoutait, d'une voix unanime,
Que je riais de la Divinité ;
La Liberté me sera toujours chère ;
Il est un Dieu.... Bien plus, en ce moment,
J'ai pour les saints un amour très sincère,
 Surtout pour saint Laurent,
 Surtout pour saint Laurent.

J'admire moins son glorieux martyre
Que ce repas où tout semble divin ;
Avec transport, je vois toujours reluire,
Ce jour marqué par un si beau festin ;
Je dirai mieux, près de cet hôte affable
Nous nous rendons avec empressement,
Sûrs d'y trouver l'accueil le plus aimable,
  Surtout pour saint Laurent,
  Surtout pour saint Laurent.

Ce favori de Mars et de Bellonne,
De vingt beautés sut captiver le cœur;
On peut citer, entr'autres, une nonne
Qui, grace à lui, put goûter le bonheur.
De cet ami, qui sut plaire et combattre,
Même aujourd'hui je ris du changement,
Car si jadis il fit le diable à quatre,
  Il fait la Saint-Laurent,
  Il fait la Saint-Laurent.

Ah! si jamais, de notre indépendance,
Les justes droits sont un jour contestés,
On nous verra combattre avec vaillance
Pour conserver nos chères libertés ;

Il guidera nos pas dans la carrière,
En adoptant ces mots pour ralliement :
« Meurt l'étranger s'il passe la frontière,
 « Et vive saint Laurent !
 « Et vive saint Laurent! »

Dans un saint toast, suivant un vieil usage,
Je veux, amis, exprimer nos désirs,
Faire oublier mon triste verbiage,
Et parmi nous rappeler les plaisirs :
A la santé de celui qui nous traite!
Et puisse-t-il, toujours aussi gaîment,
Longtemps encor, dans sa noble retraite,
 Faire la Saint-Laurent.
 Faire la Saint-Laurent.

HOMMAGE

A LA GARDE NATIONALE DE MOULINS-ENGILBERT,

A propos de ma nomination au grade de Lieutenant.

— Octobre 1830 —

Air : *On y va, on y va.*

Non, jamais dans la vie,
Ne vis un plus beau jour,
Et de la noire envie
Je puis rire à mon tour;
De mes compatriotes
L'estime m'appela
Parmi les patriotes
    Que voilà.   *(bis.)*

Dans ce jour plein de charmes
Je connus le bonheur,
Devenant frère d'armes
D'hommes remplis d'honneur.
De tous je voudrais faire
Un portrait qui brillât,
Mais je crains de déplaire,
    Ils sont là.   *(bis.)*

Je vois à notre tête
Un guerrier valeureux ;
C'était un jour de fête
Lorsqu'il allait aux feux.
L'on aura le courage
De ce commandant-là :
C'est bien ; mais davantage,
    Halte-là.   *(bis.)*

O ma chère patrie !
De ton roi-citoyen,
Contre une ligue impie,
Nous serons le soutien.

[1] Feu M. Imbert, ancien chef-d'escadron de hussards, officier de la Légion-d'Honneur.

Trompé dans son attente,
L'infernal Loyola,
Dans sa rage impuissante,
    Sera là [1].   (*bis.*)

Si Philippe, en Belgique,
Envoyait du renfort,
Nous irions, sans réplique,
Pour y braver la mort.
Puis, aux hordes d'esclaves,
Nous dirions : halte-là !
A ces Belges si braves :
    Touchez-là.   (*bis.*)

Buvons à notre France,
A son roi-citoyen ;
De leur indépendance
Nous jurons le maintien.
Quand le grand Lafayette
Nous dira : Marchez-là !
Notre réponse est prête :
    Nous voilà !   (*bis.*)

[1] Sous les pieds.

LE DRAPEAU TRICOLORE.

A la mémoire de M. Dubois-Duchailloux [1].

Cette Chanson a été chantée dans un Banquet donné par la Garde Nationale de
Moulins-Engilbert, à l'occasion de la réception de son Drapeau,
le 23 janvier 1831.

AIR : *O Mont-Saint-Jean, nouvelles Thermopyles!*

Gloire immortelle au drapeau tricolore !

Il nous fit triompher du couchant à l'aurore.

Pour comble de félicité,

Il reparaît avec la liberté !

[1] M. Dubois-Duchailloux est mort juge de paix du canton de
Moulins-Engilbert; il en avait rempli les fonctions pendant 35 ans.
Je ne ferai pas l'éloge de cet homme de bien, il est dans la bouche
de tous ceux qui l'ont connu.

Reine du monde, ô ma patrie !
Sous un roi parjure et pervers
Tu voyais ta gloire flétrie
Et tes enfants chargés de fers ;
Soudain, un cri d'indépendance
Se fit entendre dans Paris :
Ce cri, répété par la France,
Glaça d'effroi tes ennemis.   *(bis.)*

Gloire immortelle au drapeau tricolore !
Il nous fit triompher du couchant à l'aurore.
Pour comble de félicité,
Il reparaît avec la liberté !

Bientôt nous vîmes disparaître,
A l'aspect des nobles couleurs,
Ces vils courtisans et leur maître
Qui ne rêvaient que nos malheurs.
Après sa brillante victoire,
Le peuple demanda des lois
Et ce drapeau couvert de gloire
Sur lequel sont inscrits nos droits. *(bis.)*

Gloire immortelle au drapeau tricolore !
Il nous fit triompher du couchant à l'aurore.
    Pour comble de félicité,
    Il reparaît avec la liberté !

    On nous admire, on nous contemple
    De tous les points de l'univers,
    Jaloux d'imiter notre exemple,
    Les peuples vont briser leurs fers.
    Voyez les fils de la Belgique,
    De vingt combats sortir vainqueurs,
    Grace à l'influence magique
    Attachée à ces trois couleurs.   *(bis.)*

Gloire immortelle au drapeau tricolore !
Il nous fit triompher du couchant à l'aurore.
    Pour comble de félicité,
    Il reparaît avec la liberté !

    L'amour sacré de la patrie
    Porte ses fruits dans les cités
    De l'antique et sage Helvétie,
    Ce berceau de nos libertés.

Notre seul égal en vaillance,

Oui seul...... l'immortel Polonais

Combat pour son indépendance,

Se rappelant qu'il fut Français.   *(bis.)*

Gloire immortelle au drapeau tricolore!

Il nous fit triompher du couchant à l'aurore!

Pour comble de félicité,

Il reparaît avec la liberté!

Des fils, ingrats envers leur mère [1],

Privés des plus saintes vertus,

Nous menacent de la colère

De princes si souvent vaincus.

Ils ont oublié les orages

Calmés à la voix d'un héros,

Veulent, par de nouveaux outrages,

Du Lion troubler le repos.   *(bis.)*

Gloire immortelle au drapeau tricolore!

Il nous fit triompher du couchant à l'aurore.

Pour comble de félicité,

Il reparaît avec la liberté!

[1] La patrie.

O toi, que l'amour populaire

Vient d'élever sur le pavois [1],

Fais un geste, et tu feras taire

Leurs murmures et ceux des rois.

Mais non! qu'ils viennent, ces esclaves :

La France sera leur tombeau;

Ils n'y trouveront que des braves

Et de Jemmapes le drapeau.   *(bis.)*

Gloire immortelle au drapeau tricolore!

Il nous fit triompher du couchant à l'aurore.

Pour comble de félicité,

Il reparaît avec la liberté!

[1] Le portrait du Roi décorait la salle.

HOMMAGE A MARIE,

LE JOUR DE SA FÊTE.

Air : *Grand Dieu! combien elle est jolie.*

Oui, dans ma noire chevelure,
Se jouait plus d'un fil d'argent;
Que de l'amour, je vous le jure,
Je n'avais aucun sentiment.
Marie, au printemps de son âge,
A fait seule battre mon cœur;
Elle était belle, elle était sage,
Je dus respecter son bonheur.   (bis.)

Quand venait le jour de sa fête,
Ou bien encor le nouvel an,
J'osais, pour un souhait honnête,
Dérober un baiser brûlant.
Qu'un doux regard émané d'elle
Payait cher le don d'une fleur
(Branche de myrthe et d'immortelle)!
C'était alors tout mon bonheur.   *(bis.)*

J'aimais sa démarche de reine,
Son esprit fin et sa beauté;
J'aimais, vous le croirez sans peine,
Un autre trésor.... sa bonté.
Un jour, le dieu de l'hyménée,
Déployant son art séducteur,
Sut enchaîner sa destinée,
Je vis s'envoler mon bonheur.   *(bis.)*

UNE SURPRISE.

A M. Ricard, Maître d'hôtel.

Jamais à table, chez Ricard,
J'ai pris mon air de vieux grognard.

AIR : *Le premier pas.*

Vive le roi!...
Vous vous mettez à rire,
Et sur vos traits se peint l'étonnement ;
Que je m'explique, on vous entendra dire,
Mes chers amis, avec empressement :
Vive le roi !
Vive le roi !

Vive le roi !

Que janvier nous octroie,

Je mets toujours du zèle à le fêter,

Autour de lui chacun est dans la joie,

Il verse à boire et nous laisse chanter :

Vive le roi!

Vive le roi!

A cette table

Il a de la puissance,

Mais hors de là, je ne le connais plus,

D'un parvenu n'ayant pas l'arrogance,

A ses côtés, je me plais, au surplus,

A cette table,

A cette table.

Est-ce un malheur ?

Il n'a pas de ministres :

De l'étiquette, il ignore les lois;

Auprès de lui l'on ne voit pas de cuistres,

Même un *jésuite* il embroche parfois.

Est-ce un malheur?

Est-ce un malheur?

Si j'étais roi.....

D'un pouvoir éphémère,

Je laisserais un noble souvenir,

En tarissant plus d'une larme amère ;

Aux maux d'autrui je saurais compâtir,

Si j'étais roi.

Si j'étais roi.

Vivent nos rois !

Car *item* il faut boire :

Buvons au roi, doux présent de janvier ;

Buvons au roi, notre orgueil, notre gloire,

Sa Majesté Louis-Philippe premier.

Vivent nos rois !

Vivent nos rois !

MON PAYS AVANT TOUT.

A M. H. Nap. Thollé, docteur en médecine.

> Plus je vis d'étrangers, plus
> j'aimai mon pays!

Air : *Qu'on soit né sur les bords du Tage.*

J'aimais, dans un noble délire,
A chanter Bacchus autrefois,
Et c'est lui, dit-on, qui m'inspire
Des couplets encore parfois.   *(bis.)*

A le fêter, je mettais de la gloire ,
Mais aujourd'hui ma ferveur est à bout ;
Je fais serment de ne plus jamais boire ,
Je veux chanter mon pays avant tout.   (*bis.*)

L'amitié n'est qu'une chimère,
Si l'on en croit quelques mortels ,
Cette boutade est mensongère ,
Parmi nous elle a des autels.   (*bis.*)
Le vrai bonheur est sous son doux empire ,
Nous le goûtons, car je ne vois partout
Que des amis, et je suis fier de dire :
En fait d'amis, mon pays avant tout.   (*bis.*)

Des femmes, de grâces remplies ,
Embellissent notre pays ,
Et pour en voir d'aussi jolies ,
Nous irions loin, mes chers amis.   (*bis.*)
L'on peut trouver des toilettes si belles,
Mais où trouver plus d'esprit, plus de goût ?
Leur seul défaut, c'est d'être trop cruelles,
Mais c'est égal, mon pays avant tout.   (*bis.*)

De nouveau, versez du bourgogne,
Je me ris de certain serment,
Peu m'importe le nom d'ivrogne,
Lorsque je bois, je suis content.   (*bis.*)
A mon exemple, il faut vider vos verres,
Me seconder dans mes deux toasts surtout :
A nos beautés ! qu'elles soient moins sévères,
A mon pays ! mon pays avant tout !   (*bis.*)

LA MOULINOISE.

HOMMAGE A MM. LES OUVRIERS DE MOULINS-ENGILBERT.

> Moulins-Engilbert est petite ville et
> forte, habitée par personnes in-
> dustrieuses et de grand travail.
>
> GUY-COQUILLE.

Cette Chanson a été chantée au Bal de la Saint-Nicolas, 1843, auquel MM. les Ouvriers
m'avaient fait l'honneur de m'inviter.

AIR : *C'est l'amour, l'amour.*

Les ouvriers du pays
Ont du courage
A l'ouvrage ;
Les ouvriers du pays
Aiment les jeux, les ris.

Qui de vous, sur son tour de France,
Joyeux compagnons Nivernais,
A vu jamais une alliance
Plus noble et plus belle à la fois ?
   Les enfants de *Soubise* [1]
   Et ceux de *Salomon*
   Ont ici pour devise :
   La Joie et l'Union.

   Les ouvriers du pays
     Ont du courage
      A l'ouvrage ;
   Les ouvriers du pays
   Aiment les jeux, les ris.

[1] Le compagnonage est divisé en trois corps principaux : les enfants de *Salomon*, les enfants du *Père Soubise* et les enfants de *Maître Jacques*. Nous n'avons à nous occuper ici que des deux premiers.

Les enfants de *Salomon* se composent des tailleurs de pierre, *compagnons étrangers* dits *les loups*; des menuisiers et des serruriers du *devoir de liberté* dits *gavots*; des charpentiers dits *renards de liberté*, puis *compagnons de liberté*.

Les enfants du *Père Soubise* se composaient d'un seul corps d'état, les charpentiers compagnons passants ou *drilles*; ils en comptent trois à présent : les charpentiers ont reçu les couvreurs et les plâtriers.

Jamais les cités orgueilleuses
De Bordeaux, Marseille et Paris
N'offrirent fêtes si joyeuses,
Tant les yeux, les cœurs sont ravis;
　　Partout la gaîté brille
　　Et règnent les plaisirs :
　　C'est comme une famille
　　Au sein d'heureux loisirs.

　　Les ouvriers du pays
　　　Ont du courage
　　　A l'ouvrage ;
　　Les ouvriers du pays
　　Aiment les jeux, les ris.

Mesdames, en vain sur vos traces,
Veut-on essayer de marcher,
Vous avez la palme des Graces,
Surtout, s'il s'agit de danser.
　　Un jour, si l'on couronne
　　La beauté, les talents,
　　A vous, les prix qu'on donne
　　Soit dit sans compliments.

9

Les ouvriers du pays
Ont du courage
A l'ouvrage;
Les ouvriers du pays
Aiment les jeux, les ris.

Que ne puis-je, longtemps encore,
Partager vos jeux, vos plaisirs?
Mes jours, si loin de leur aurore,
S'opposent à ces doux désirs.
Quand la Parque ennemie
Aura tranché mes jours,
Amis, je vous en prie,
Chantez, chantez toujours :

Les ouvriers du pays
Ont du courage
A l'ouvrage;
Les ouvriers du pays
Aiment les jeux, les ris.

MORVANDELLE.

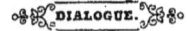

A M. Victor de Neuilly, Adjoint à Monsieur le Maire de la commune de Villapourçon.

LE BARZER.

Voutchi l'hyvar tourmentante
Aidieu noues prés, noues fullis,
Aidieu fontaine charmante
Vout que v'nins boire noues barbis.

LA BEURZÈRE.

Las aimours inp'so frilouères
S'échardant dans las mayons
Las sars drait vi las filouères,
Pour à couter loues çansons.

LE BARZER.

Oh ! oui, y irait mai brunette

M'y chardre au coin de ton feu

En t'y parlant d'aimourette

Y n' s'rait pas chi malhireux.

LA BEURZÈRE.

Beurzer, ch'ti mé fidèle,

Y t'aim'rait chi longtemps

Qu' las *foux* [1] d' lai Graivelle

Ombraigeront dans aimans.

[1] Hêtres, foutiaux, foyards; arbres qui couronnent le sommet de la Gravelle.

M. Née de La Rochelle, dans ses *Mémoires pour servir à l'histoire du Nivernois et du Donziois*, dit que les habitants du Morvan avaient un langage si particulier, qu'on les eût pris pour des gens d'un autre continent. Depuis la publication de ces *Mémoires*, c'est-à-dire depuis 1747, il est survenu bien des changements, en tout et partout; je puis ajouter, sans sortir du cercle étroit qui m'est tracé, et en faisant allusion à des paroles célèbres de M. Lainé : le patois du Morvan *s'en va;* il faut en chercher la cause dans le déplacement successif d'une partie de la population appelée sous les drapeaux depuis la glorieuse révolution de 1789, dans les belles voies de communication dont cette contrée s'enrichit chaque année, et surtout dans les bienfaits qui découlent de la dernière loi sur l'instruction primaire; n'est-ce pas grâce à cette loi que nos campagnes possèdent d'excellentes pensions pour les jeunes personnes, sous la direction des sœurs, et de non moins bonnes et non moins remarquables écoles primaires?

MES SOUVENIRS

A L'OCCASION DE LA RÉORGANISATION

DE LA GARDE NATIONALE.

— 1840 —

Hommage à M. le Commandant Barat.

Air: *T'en souviens-tu?...*

Je me souviens du jour où la victoire,
Grace aux frimas, déserta nos drapeaux ;
Bientôt après, sur les bords de la Loire,
La trahison mit le comble à nos maux,
Depuis ce temps, bercé par l'Espérance,
J'aime à rêver un plus heureux destin,
En invoquant le dieu de la vengeance....
Mais viendra-t-il pour me complaire enfin ?

Quand de juillet, le canon formidable
Tonnait encore aux oreilles des rois;
Je crus, hélas! dans ma joie ineffable,
Qu'à l'Univers nous dicterions des lois;
Que Waterloo, de lugubre mémoire,
Serait vengé par le peuple vainqueur,
Qui devenait sans rival dans l'histoire.....
Qu'elle était grande, ô mon Dieu, mon erreur !

Plus d'un tyran, sur son trône fragile,
Sentit trembler son palais somptueux;
Les renverser était chose facile !
Que ne pouvait un peuple valeureux?
Dans cet instant, à jamais mémorable,
Il sut montrer ce qu'il peut quelquefois:
D'un seul revers, de sa hache implacable,
Il fit tomber trois sceptres à la fois.

C'était un fleuve échappé de ses rives,
Portant au loin et l'espoir et l'effroi :
L'espoir au sein des nations captives,
Et la terreur au cœur de plus d'un roi;

Des insensés, par des digues puissantes,
Voudraient en vain l'arrêter pour toujours ;
Il brisera leurs chaînes offensantes,
Entraînera ces traîtres dans son cours.

Quand sonnera la trompette guerrière,
Avec ardeur nous irons aux combats,
En déployant cette noble bannière
Qui fit trembler tant de fiers potentats.
Les vents du Nord, précurseurs des tempêtes,
Se font entendre..... Amis, préparez-vous,
C'est le signal de nouvelles conquêtes :
Serrons nos rangs, marchons et vengeons-nous !

Un homme aussi spirituel qu'aimable, M. Gr... de la M...., à qui
j'avais adressé un exemplaire de cette chanson, me répondit par
la plaisanterie suivante :

Votre muse est bien téméraire !
Quoi, si joyeuse en ses chansons,
La voilà qui parle de guerre
Et s'émeut au bruit des canons !
De grace, calmez sa colère,
Vous qui connaissez son humeur :

Car, savez-vous qu'en cas de guerre,
Elle nous porterait malheur.
Vos accords sont si pleins de charmes,
Qu'aux combats, au lieu de courir,
Nos soldats jetteraient leurs armes
Afin de mieux vous applaudir.

LES ENFANTS DE L'EMPIRE

A NAPOLÉON-LE-GRAND.

HOMMAGE

A M. le général baron Sautereau-Dupart , maréchal-de-camp
d'artillerie en retraite.

AIR : *Chers enfants, chantez, dansez.*

Daignez , de votre séjour,
Sourire
Aux enfants de l'Empire;
Daignez , de votre séjour,
Accueillir leur amour.

10

Trop jeunes pour voler aux armes
Quand il tomba ; mais, en héros,
Nous grandissions loin des alarmes ,
Maudissant l'âge et le repos,
    Ce divin météore,
    Remonté dans les cieux,
    Du couchant à l'aurore,
    Reçoit un culte pieux.

    Daignez, de votre séjour,
      Sourire
    Aux enfants de l'Empire ;
    Daignez, de votre séjour,
    Accueillir leur amour.

Au temps chéri de notre enfance,
Le récit des faits merveilleux
Des nobles soldats de la France
Rendait nos cœurs tout glorieux.
    Les Alpes orgueilleuses
    Avaient vu nos guerriers,
    Sur leurs cimes neigeuses,
    Moissonner des lauriers:

Daignez, de votre séjour,
    Sourire
Aux enfants de l'Empire;
Daignez, de votre séjour,
Accueillir leur amour.

Aux bords du Nil, aux Pyramides,
Il livrait d'immortels combats;
La Victoire, aux ailes rapides,
Le suivait toujours pas à pas.
    Honneur de la patrie,
    Plus grand que les Césars,
    Il portait l'industrie
    Et le flambeau des arts.

Daignez, de votre séjour,
    Sourire
Aux enfants de l'Empire;
Daignez, de votre séjour,
Accueillir leur amour.

Mais l'étranger, contre la France,
Déjà marche en triomphateur,
Prompt comme la foudre, il s'élance,
Et Marengo le voit vainqueur.
  Placé, par la Victoire,
  Sur un trône éclatant,
  On vit toujours la Gloire
  Compagne du géant.

Daignez, de votre séjour,
  Sourire
Aux enfants de l'Empire;
Daignez, de votre séjour,
Accueillir leur amour.

Sa volonté, puissante et sage,
Fit relever les saints autels;
Et l'émigré, loin de l'orage,
S'assit aux foyers paternels.
  Il fit, pour sa patrie,
  Seul, plus que tous nos rois;
  Il dompta l'anarchie
  Et nous donna des lois.

Daignez, de votre séjour,
       Sourire
Aux enfants de l'empire;
Daignez, de votre séjour,
Accueillir leur amour.

Qui fut plus beau dans la fortune?
Qui fut plus grand dans les revers?
Sa clémence était importune,
On osa le charger de fers.
       Pour peindre la souffrance
       Et l'amour le plus grand,
       Chacun s'écrie, en France :
       Sainte-Hélène et Bertrand !

Daignez, de votre séjour,
       Sourire
Aux enfants de l'Empire;
Daignez, de votre séjour,
Accueillir leur amour.

DÉSIR

D'UN VIEUX CHASSEUR,

A PROPOS

DE LA LOI SUR LA CHASSE.

A M. L. Pernin.

AIR : *Tonton, tontaine, tonton.*

Au temps heureux de ma jeunesse,
J'avais un excellent piston,
    Tonton, tontaine, tonton,
Je m'en servais avec adresse;
J'étais chasseur de grand renom,
    Tonton, tontaine, tonton!...

Mais, en revanche, en politique,
J'étais, je suis petit garçon,
   Tonton, tontaine, tonton !
J'aimais, j'aime encor la critique ;
Prêtez l'oreille à ma chanson :
   Tonton, tontaine, tonton !

Grace à votre édit sur la chasse,
Messeigneurs du palais Bourbon,
   Tonton, tontaine, tonton,
« C'est toujours au gueux la besace! »
De tous côtés, murmure-t-on,
   Tonton, tontaine, tonton !

Hélas ! cette loi si rigide,
Que je ne connais que de nom,
   Tonton, tontaine, tonton,
Couvre-t-elle de son égide
Tous les animaux du canton,
   Tonton, tontaine, tonton !

Qui ne connaît certaine bête,
Que partout l'on trouve à foison?
   Tonton, tontaine, tonton!
Que l'on recherche et que l'on fête,
Est-on l'ami de la maison?
   Tonton, tontaine, tonton!

Loin d'essayer de la détruire,
Plus d'un chasseur voudrait, dit-on,
   Tonton, tontaine, tonton,
En posséder, sous son empire,
De quoi former un bataillon,
   Tonton, tontaine, tonton!

Nos sénateurs, dans leur sagesse,
En ont-ils pris compassion?
   Tonton, tontaine, tonton!
Ont-ils, pour les cas de détresse,
Bien tarifé leur pension?
   Tonton, tontaine, tonton!

11

Pour son mari, si chaque belle
Touchait vingt francs par passion,
Tonton, tontaine, tonton,
Je connais plus d'une infidèle
Qui ferait meilleure maison !
Tonton, tontaine, tonton !

GRANDS MIRACLES

A MOULINS-ENGILBERT.

AIR : *Va-t-en voir s'ils viennent, Jean.*

Vivat!... j'apprends, à l'instant,
De bonnes nouvelles :
Nous allons, Dieu s'en mêlant,
Vivre sans querelles ;
Va-t-en voir s'ils viennent, Jean ,
Va-t-en voir s'ils viennent.

Pour messieurs de Loyola ,
    C'est aujourd'hui fête ;
Ils chantent *Alleluia*
    A rompre la tête.
Va-t-en voir s'ils viennent , Jean ,
    Va-t-en voir s'ils viennent.

Sur un bref de Monseigneur,
    Ils prennent la place [1],
Sans que voisins ni flaneur
    Fassent là grimace.
Va-t-en voir s'ils viennent , Jean ,
    Va-t-en voir s'ils viennent.

[1] Certains avaient conçu le pieux projet de faire planter une croix d'une grandeur colossale, une vraie croix-monstre sur notre pauvre petite place Louis-Philippe, ci-devant place de la Liberté ; les matériaux étaient déjà prêts, quand, cédant à l'opinion publique qui commençait à devenir inquiétante, on jugea à propos de les vendre.

N'en déplaise à ces messieurs, et même à ces dames, une fontaine, décorée du buste de Sa Majesté, sera beaucoup plus utile qu'une croix et non moins agréable à la vue, et la loi, qui interdit la démonstration extérieure de tout culte, ne sera pas violée.

Et votre pétition,
        Monsieur l'ex-notaire,
Hâte la construction
        Du fameux calvaire.
Va-t-en voir s'ils viennent, Jean,
        Va-t-en voir s'ils viennent.

Où se jouait, autrefois,
        Mainte comédie,
L'on plante une sainte croix
        Et sans momerie.
Va-t-en voir s'ils viennent, Jean,
        Va-t-en voir s'ils viennent.

Voulez-vous que mons Satan
        Rende ses victimes?..
Aux commis du Vatican
        Portez dix centimes[1].
Va-t-en voir s'ils viennent, Jean,
        Va-t-en voir s'ils viennent.

---

[1] Le rachat d'une ame coûte plus cher à Château-Chinon; il faut
parler de 25 centimes; il paraît que Lucifer ne s'en dessaisit pas à

Mais, chut! car sur ce point-là,

Malgré mon bon thême,

De nos chers de Loyola

Je crains l'anathême.

Va-t-en voir s'ils viennent, Jean,

Va-t-en voir s'ils viennent.

Oh! pour les élections,

Sûr, ce sera drôle;

Parce que les passions

N'y joueront un rôle!

Va-t-en voir s'ils viennent, Jean,

Va-t-en voir s'ils viennent.

moins. L'on se demande pourquoi cette différence dans les prix :
si, par hasard, à Moulins-Engilbert, il ne se commettrait que des
péchés véniels, et à Château-Chinon que des péchés capitaux?.. ou
bien encore si l'auteur du tarif a pris en considération la différence
notable qui existe entre Château-Chinon, chef-lieu d'arrondisse-
ment, siége d'un tribunal de première instance, et Moulins-Engilbert, modeste chef-lieu de canton.

Non licet......

Respect à nos sénateurs,
        Et ce, par prudence,
Tillier [1] a des successeurs
        Dans notre régence.
Va-t-en voir s'ils viennent, Jean,
    Va-t-en voir s'ils viennent.

Un *on dit* peu surprenant,
        Très facile à croire,
On dit que le Père Jean
        Veut cesser de boire....
Va-t-en voir s'ils viennent, Jean,
    Va-t-en voir s'ils viennent.

---

[1] Allusion à quelques pamphlets que nos dernières élections municipales ont vu naître et mourir.

Un compatriote et ami de Tillier, M. Parent-Bayle, de Clamecy, lui a consacré quelques pages pleines d'intérêt. Tillier, qui s'est fait un nom par ses pamphlets, a été enlevé trop tôt aux lettres et à l'amitié.

MA CONVERSION.

HOMMAGE

A M. L. Alloury, Chevalier de la Légion-d'Honneur.

> « Mon vieux camarade, je tiens
> « beaucoup à vous faire part direc-
> « tement de cette nouvelle, etc. »

AIR : *Il est un Dieu, devant lui je m'incline.*

Avec la croix, je me réconcilie,
Et c'est Guizot, disciple de Luther,
Qui, m'éclairant sur ma longue hérésie,
Vient m'arracher des bras de Lucifer ;
En te voyant cet insigne adorable,
Je fus saisi d'une sainte ferveur,
Et m'écriai, dans ma joie ineffable,
    Vive la croix d'honneur !
    Vive la croix d'honneur !

12

Elle est toujours le brillant apanage
Du citoyen, guerrier ou magistrat;
Elle est toujours l'emblême du courage
Et du talent, n'importe en quel état.
Ne rends-tu pas, sans cesse, à la patrie,
Par tes travaux, noble littérateur,
Plus d'un service?... Aussi chacun s'écrie :
    A lui la croix d'honneur !
    A lui la croix d'honneur !

*

Qui, plus souvent, descendit dans l'arène
Et combattit ces prêtres intrigants,
Nourris dans Rome et que Rome déchaîne
Contre les rois, sont-ils rois fainéants?
Pour terrasser un si rude adversaire,
Il fallait être un habile joûteur,
Sortir surtout de la ligne ordinaire...
    A toi la croix d'honneur !
    A toi la croix d'honneur !

Trop rarement, tu viens, par ta présence,
Cher journaliste, animer nos festins,
Ce jour reluit; adieu triste abstinence :
Vite servez le meilleur de mes vins,
Portons un toast à l'écrivain aimable
Qui sait charmer et l'esprit et le cœur :
Mais un instant, quand nous sommes à table
    A moi la croix d'honneur !
    A moi la croix d'honneur !

Villa du Père Jean, 15 août 1845.

JE ME FAIS VIEUX.

A M. Antony Duvivier.

« Allons, Père Jean, faites-nous quelque
« chose en souvenir de notre excursion
« au Mont-Beuvrai. »
Glux, 25 sept. 1845.

AIR: *D'Aristippe, ou T'en souviens-tu?*

Des ans, hélas ! la fatale influence
Se fait sentir ; adieu, mes plus beaux jours !
Je vois la mort qui, lentement, s'avance,
En dispersant les ris et les amours ;
Je me souviens de ma belle jeunesse ,
De mes amis, de nos charmants repas ;
Je me souviens surtout d'une maîtresse....
Doux souvenirs ne m'abandonnez pas.   (bis.)

J'aimais ce bourg [1] qu'ombrage la Gravelle,

Je me plaisais au sommet du Beuvrai [2],

Ce mont chéri, qui, toujours, me rappelle

Des jours heureux et plus d'un ami vrai;

Peu soucieux des lois de l'étiquette,

Je m'y livrais à de joyeux ébats

Sur la pelouse, aux sons de la musette....

Doux souvenirs, ne m'abandonnez pas.   (*bis.*)

[1] Villapourçon, bâti aux pieds de la Gravelle, cette montagne couronnée d'une touffe de hêtres que l'on découvre de loin.

[2] Les vestiges considérables de fortification que l'on remarque sur le sommet du Mont-Beuvrai, font croire à l'existence primitive d'un camp retranché: on fait généralement remonter l'existence de ce camp au temps des Romains. Le coup d'œil dont on y jouit est aussi varié qu'étendu; la vue se porte bien au-delà d'Autun et de Decize. Selon Guy-Coquille, il s'y tenait anciennement, le premier mercredi de mai, *en ladite cime, une foire renommée par toute la France;* cette foire a fait place à un apport: c'est plaisir à voir, par une belle matinée de mai, ce lieu ordinairement désert et éloigné de toute habitation, se peupler comme par enchantement et à jour dit. Les marchands, les curieux affluent; nombre de propriétaires des environs y arrivent en société de parents et d'amis qui ont choisi ce jour-là pour leur rendre visite; en gens pleins de prévoyance, ils ont eu l'attention délicate de se faire précéder de tout ce qui est nécessaire pour faire un déjeûner comfortable; le rendez-vous est toujours le voisinage de la fontaine Saint-Martin, si remarquable par son point d'élévation, l'abondance et la limpidité de ses eaux.

Combien de fois, désireux de m'instruire,

J'accompagnai le commandant et toi;

Il dessinait, ta tâche était d'écrire;

Je parlais peu, mon cher, j'ai dit pourquoi.

Tout en marchant, et de vers et d'histoire

L'on dissertait, non sans de vifs débats;

Presque toujours te restait la victoire...

Doux souvenirs, ne m'abandonnez pas. (bis.)

· De toutes parts on dresse des tentes chères à Bacchus; le son de la musette vous engage à prendre place dans une *sauteuse*, un *branle*, une *bourrée carrée*; et j'y ai souvent goûté le plaisir de la danse en compagnie de simples villageoises et de *grandes dames*, décorées des noms de la plus haute aristocratie. Mais la civilisation prétentieuse s'avance, son souffle glacial se fait déjà sentir; adieu coutumes charmantes, mœurs patriarchales, adieu!

Le poète y vient chercher des inspirations, l'antiquaire se complaît à y faire des fouilles; au commencement de ce siècle, deux botanistes distingués, M. Trouflault, chanoine de la cathédrale d'Autun, et un autre Niverniste, M. le docteur Simonnet, de Saint-Pierre-le-Moûtier, y vinrent faire des explorations; dans un temps bien plus rapproché de nos jours, M. le comte Jaubert, si connu par son zèle et son goût éclairé pour la science illustrée par les Linnée, les De Jussieu, les Richard, etc., vint également s'y livrer à des recherches intéressantes.

M. Dupin aîné, qui, malgré ses occupations si nombreuses et si variées, trouve encore des moments de loisir qu'il consacre à une histoire du Nivernais, fit, il y a peu d'années, une excursion sur le Mont-Beuvrai, en compagnie de son ami, M. Gautherin.

Sur l'Appenelle [1], aux accords de ta lyre,
Se mariaient tes vers harmonieux,
En les lisant, on songe à les relire
Pour se former au langage des Dieux.
Dans ce Morvand aux forêts druïdiques,
Partout, je crois, nous portâmes nos pas,
En admirant ses sites magnifiques....
Doux souvenirs, ne m'abandonnez pas. (*bis.*)

Je parcourais, en chasseur intrépide,
Matin et soir, les vallons, les côteaux,
Mais, mon fusil, rarement homicide,
Respectait tout, jusqu'aux friands perdreaux ;
Aux yeux de tous, je passais pour mazette,
De maladroit, l'on me traitait tout bas ;
L'amour lui seul, souriait en cachette....
Doux souvenirs, ne m'abandonnez pas. (*bis.*)

[1] Voir un charmant recueil de poésie, publié par M. Duvivier,
sous ce titre : *Une voix du Morvand.*

A UN CÉLÈBRE AVOCAT,

A PROPOS DE SA CONVALESCENCE.

Janvier 1846.

Mon cœur s'ouvre à l'espérance,
Tu vas bientôt revenir ;
Le premier barreau de France
Se prépare à t'applaudir :
Ils vivaient en république,
Tous ces brillants orateurs,
Ton talent, sceptre magique,
Les rend tes admirateurs.

REMERCIMENT

A MADEMOISELLE M.... E.........

O vous, dont la voix ravissante
Vient d'ennoblir mes faibles chants,
De ma muse reconnaissante
Recevez les remercîments ;
Sans vous, charmante demoiselle,
Ces vers auraient peu de valeur,
Mais, grace à votre voix si belle,
Ils font l'orgueil de leur auteur.

IMPROMPTU A UNE DAME,

EN LUI OFFRANT LA FÈVE DES ROIS.

Disposant d'une couronne
Qui ne cause aucun souci,
Souffrez que je vous la donne,
De la beauté c'est le prix.

LE FILS DE PRÊTRE.

ÉPIGRAMME.

Certain qui doit le jour à l'un de ces élus
Qui vivent de l'autel et serrent force écus,
Vantait, à des amis, l'aisance paternelle :
Ah bah ! lui dit l'un d'eux, elle est trop *casuelle*.

DEUXIÈME PARTIE.

LE VIN BLANC.

J'aimais, j'aime toujours, à l'instar de Faret,
Charbonner de mes vers les murs d'un cabaret.

LE PÈRE JEAN,

MAIRE DE MOULINS-ENGILBERT [1].

A M. E. M. Vict. Thollé, Avocat.

— Janvier 1830 —

AIR : *J'ai pris goût à la république.*

Mes amis, j'ai vu la fortune
Enfin me sourire une fois,
Elle disait : point de rancune,
Je t'offre les plus beaux emplois ;
Je ferai tout pour te complaire
Et dissiper tes noirs chagrins ;
Puis-je me flatter de te plaire
En te nommant Maire à Moulins ?

[1] Pour l'intelligence de cette chanson, il est bon que l'on sache que, le bruit s'étant répandu que M. le Maire allait se démettre de ses fonctions, quelques personnes dirent, en plaisantant, qu'il serait remplacé par le *Père Jean.* (*Voir la date.*)

Oui , j'accepte , avec allégresse,

Cet emploi des plus éminents ;

Recevez , puissante déesse,

Mes sincères remercîments ;

Je mis une écharpe bien belle ,

(Noble attribut des échevins),

Qui tient tout un peuple en tutelle ,

Et je fus Maire de Moulins.

Au surplus , j'ajouterai , avec un légitime orgueil , qu'après la démission du Maire et de son premier Adjoint , en juillet 1832 , à la suite d'un jour d'effervescence populaire qui , par parenthèse, nous valut une prompte visite de M. le Préfet et la compagnie de cent hommes de cavalerie ; je remplis seul, pendant trois mois , les fonctions d'administrateur de la commune.

Disons encore qu'à cette triste époque le choléra sévissait à Clamecy et à Nevers, et que le prix du pain, unique cause de l'émeute (puisqu'il faut l'appeler par son nom), était toujours fort élevé ; de là, surcroît de besogne , de tracas et d'inquiétude.

Je n'ai fait que mon devoir, rien de plus ; aussi m'a-t-il fallu des motifs impérieux pour me décider à tracer ces lignes , qui, je l'espère, iront à leur adresse.

J'ai refusé la place de premier Adjoint, et il n'a tenu qu'à moi d'être Maire après les évènements dont je viens de parler.

M. Thollé, mon camarade d'enfance, est le premier qui se soit avisé de m'appeler *Père Jean.*

Tout fleurit sous mon doux empire :
Les nombreux temples de Bacchus ,
Avec orgueil , je puis le dire ,
Étaient courus de plus en plus ;
Craignant le bruit, j'allais , moi-même ,
Les visiter soirs et matins ;
L'on criait (ô bonheur suprême) :
Vive le Maire de Moulins !

Les plus aimables chambrières
Pouvaient sortir impunément
Les soirs, et même sans lumières ,
Le Maire était toujours présent ;
Alors, dans ses courses nocturnes,
Grace aux plus heureux des destins ,
Il arrivait bonnes fortunes ,
Parfois, au Maire de Moulins.

Dans cet heureux coin de la France ,
Les plaisirs , les jeux et les ris ,
Durant ma trop courte puissance ,
Semblaient s'être tous réunis.

14

Au rapport de femmes gentilles,
Expertes en cas les plus fins,
Les Adjoints étaient inutiles
Avec le Maire de Moulins.

Ces vers ne sont point la satyre
D'un honorable magistrat;
J'aimerais mieux briser ma lyre
Plutôt que de paraître ingrat.
Malgré le don du séminaire,
Le mauvais état des chemins,
Je dirai, sans chercher à plaire,
Honneur au Maire de Moulins !

LE PÈRE JEAN AU CABARET.

A M. Buteau-Alloury.

Honny soit qui mal y pense.

AIR : *Je pars.*

Je veux

Quitter mon sérieux,

Et, sur un ton joyeux,

Monter ma lyre

Pour rire;

Bon !

Je découvre un bouchon [1],

Rendez-vous de bon ton :

Je cours à perdre haleine

Y ranimer ma veine.

[1] Celui du *Quartier général:* à bon vin point d'enseigne.
Ce cabaret, qui était fort achalandé du vivant de sa propriétaire,

J'aperçois

L'amateur que, parfois,

L'on surnomme, je crois,

La fleur de cette ville [1];

S'il boit sec et souvent,

Il lance fréquemment

Plus d'un coup d'œil ardent

A la bonne gentille.

En sablant

Sa chère bouteille [2],

A plus d'un discours savant,

Vous le voyez prêter l'oreille,

Il écoute, même en trinquant :

---

la bonne et excellente Manette Lataille, voit sa vogue se soutenir ; le *Quartier général* appartient aujourd'hui à un gendre de la Manette Lataille, M. Charles Laumain, ancien militaire, que son culte pour Napoléon a fait surnommer l'*Empereur*.

[1] *Voir* les premiers vers de l'épître aux rédacteurs de la *Petite Ville*, journal littéraire qui a paru pendant quelques mois à Moulins-Engilbert (1832).

[2] *Trahit sua quemque voluptas.*
Chacun son goût, le mien c'est ... *le vin blanc.*

La physique,

La clinique,

La musique,

Sont, tour à tour,

Avec le gothique,

Certaine chronique,

Et la politique,

A l'ordre du jour.

Au temple de la Mémoire,

Il n'a pas la sotte gloire,

Certes, vous pouvez m'en croire,

De vouloir tracer son nom.

En effet, à quoi bon?.....

Vaille que vaille

Il est écrit,

En belle entaille,

Sur la muraille,

De la *Manette Lataille*,

Et cela lui suffit.

Mais, je vois les ombres légères,

Des plus célèbres buveurs,

S'approcher, au bruit des verres,
Pour le couronner de fleurs ;
     A leur vue,
     Il salue,
     Tête nue,
   En s'écriant :
   Honneur et gloire
   A qui sait boire,
   C'est l'avis notoire
     Du Père Jean.

     D'une voix sonore,
   Il ajoute encore :
     Froid censeur,
   Qui n'a pas le bonheur
   Si piquant, si flatteur,
   D'aller à la taverne;
On voit bien que, dans ta maison,
   Tu n'as pas toujours raison,
Et que ta femme gouverne ;
     Tant pis,
   Car si, de mes amis,
   Tu connaissais le prix,

Combien ils sont affables ,
Spirituels , aimables ,
Tu serais désireux
De passer auprès d'eux
Des instants toujours heureux.

UN ADEPTE.

LE PÈRE JEAN

PRÉSENTANT A SES AMIS M. L. A.

— 1827 —

Air :

Nobles amis, je vous présente
Un jeune et brillant candidat
Qui trompera plus d'une attente
S'il ne jette, un jour, de l'éclat.
Dans le commerce de la vie
Il saura mêler les douceurs
De la haute philosophie
Dont nous sommes les créateurs.

15

Il suit les conseils et l'exemple
De l'aigle du barreau français [1],
Afin que Thémis, dans son temple,
Lui donne un honorable accès;
Et puis, auprès du vénérable,
Votre trop heureux président,
Il vient aussi, parfois, à table,
Apprendre à boire largement.

Vous saurez qu'il a passé maître
Dans l'art de captiver un cœur,
Et que, sans le faire paraître,
Il sait jouir de son bonheur;
Ventre saint gris! s'il fallait boire
Un flacon à chaque succès,
Chers amis, vous pouvez me croire,
Nous serions ivres ou jamais.

Pour sa belle et chère patrie,
Il est toujours rempli d'ardeur;

M. L. A. travaillait alors dans le cabinet de M. Dupin aîné.

De la Charte, presqu'avilie,
Il est l'éloquent défenseur ;
. Nous le verrons de notre Temple
Devenir l'orgueil et l'appui....
Allons, faites, à mon exemple,
Une libation pour lui.

L'HONORABLE FANCHON.

A M. de Tard, capitaine de cavalerie.

Chanson chantée à la campagne, chez un Célibataire, capitaine de cavalerie, dont le
vieux *Cordon-Bleu* se nommait Fanchon.

— 1825 —

Air : *Tonton, tontaine, tonton.*

Aux repas de cérémonie,
Et d'étiquette et de bon ton,
Tonton, tontaine, tonton,
Si, presque toujours, je m'ennuie,
Je m'amuse à ceux de Fanchon,
Tonton, tontaine, tonton !...

Dans le grand art de la cuisine,
A-t-elle des rivales? Non!...
   Tonton, tontaine, tonton.
J'y bois une liqueur divine,
Provenant du meilleur canton,
   Tonton, tontaine, tonton.

S'agit-il de rire et de boire,
De gloser sur le cotillon,
   Tonton, tontaine, tonton;
Vous allez sans peine le croire,
Nous nous trouvons à l'unisson.
   Tonton, tontaine, tonton.

Quand, du divin jus de la tonne,
Nous vidons maint et maint flacon,
   Tonton, tontaine, tonton,
Je n'entends pas dire à personne,
Craignons de perdre la raison,
   Tonton, tontaine, tonton.

Jamais la triste politique,
Parmi nous répand son poison,
Tonton, tontaine, tonton;
L'illustre hôte de l'Amérique [1]
Seul est digne d'une exception,
Tonton, tontaine, tonton.

Puisse le mérite suprême
De votre honorable Fanchon,
Tonton, tontaine, tonton,
Être longtemps encor le même
Pour les amis de la maison,
Tonton, tontaine, tonton.

J'aurais encor deux mots à dire :
Prenez pitié du tabellion,
Tonton, tontaine, tonton,
Pour faire finir son martyre,
Faites apporter un flacon,
Tonton, tontaine, tonton.

[1] On s'occupait beaucoup, à cette époque, des ovations décernées, en Amérique, au *héros des Deux-Mondes*, au *vétéran de la liberté* (vieux style).

LE DÉJEUNER DE GARÇONS.

A M. Louis Duchemin.

AIR : *Aussitôt que la lumière.*

Mes amis, je crois renaître,
La divine liberté
A mes yeux vient de paraître,
M'invitant à la gaîté.
« Quitte ton air trop sévère,
« M'a-t-elle dit, en riant,
« Privé de ta ménagère,
« Tu dois boire en l'attendant. »

16

Une semblable logique
Vaut mieux que de grands discours,
Et, sans fleurs de rhétorique,
Me captivera toujours.
À la voix de la déesse,
Je me soumets sans façon ;
Versez, sans trop de sagesse,
Le conseil me paraît bon.

Je fais jaser bien du monde
Lorsque, parfois, je suis gris,
Et puis ma femme me gronde
Quand je retourne au logis.
Aujourd'hui, je suis loin d'elle,
Je ne crains plus ses sermons ;
Quant aux propos...... bagatelle !
Le Père Jean s'en........ Buvons.

Fortunés célibataires,
Vous pouvez boire hardiment,
Sans des sots, des ménagères,
Redouter l'emportement.

Veuillez me verser à boire,
Je veux vous dire *in petto* :
« Amis, voulez-vous m'en croire,
« Gardez votre *statu quo*   »

ELLE SE MARIE!

Quel bruit vient frapper mon oreille ?
Toi , l'orgueil de notre cité,
Et par ta grace sans pareille
Et par ta céleste beauté,
Tu pars..... Le dieu de l'hyménée
Nous ravit un trésor si doux ;
Va , puisque c'est ta destinée ,
Mais reviens bientôt parmi nous.

Quand , pour étendre sa puissance,
Tu fixas le choix de l'amour,
Ce lieu , berceau de ta naissance ,
D'une autre Armide , vit la cour.

Seras-tu sans cesse occupée
Des soins que réclame un époux,
Et quelquefois, par la pensée,
Ne reviendras-tu parmi nous?

Jamais, sur la terre étrangère,
Tu ne goûteras le bonheur
Dont tu jouis près de ta mère,
Que tu laisses dans la douleur;
Veux-tu dissiper nos alarmes,
(Nous t'en conjurons à genoux),
Arrêter le cours de nos larmes,
De grace, reste parmi nous.

LE CHEVALIER DE FRIEDLAND.

(NOM DE GUERRE DE M. FR^{ois} MARTIN [1].)

A M. Aug. Gueneau, Docteur en Médecine.

AIR : *Aussitôt que la lumière.*

Pour dissiper l'humeur noire,
Connaissez-vous mon secret?
Je laisse le répertoire
Et vas droit au cabaret.
On trouve joyeuse mine,
Gais propos, surtout bon vin,
Au temple où je m'achemine,
Chez le chevalier Martin.

[1] Neuf blessures, dont quelques-unes extrèmement graves, reçues à la même affaire (Ostrolenka), prouvent que la croix d'honneur n'est point déplacée à la boutonnière de M. Martin.

Il fait manœuvrer un verre,
Ce doyen des bons soldats,
Tout comme son cimeterre
Jadis aux jours des combats ;
En vidant mainte futaille,
Il charme ses auditeurs
Par ses récits de bataille,
Et fait palpiter leurs cœurs.

A ma table solitaire
J'appelle de bons enfants,
Ayant le droit de me plaire,
Étant polis, gais vivants ;
C'est ainsi que, loin du monde,
Sans soucis et sans chagrins,
Au sein d'une paix profonde,
Coulent mes jours à Moulins.

TRILOGIE.

AVANT. — PENDANT. — APRÈS.

A M. Cartier.

Sic fata.....

AVANT.

Air : *Vous me l'aviez bien dit, ma mère.*

Quand je t'aimai, chère Eugènie,
A peine si quinze printemps
Embellissaient ta douce vie,
Nul ne t'avait offert d'encens;
Croyant qu'un simple badinage
Me portait à faire la cour,
Tu dédaignas mon tendre hommage
Et je connus chagrin d'amour.   *(bis.)*

Plus tard, hélas! si je vis naître
Tes attraits, toujours ravissants,
Je vis aussi bientôt paraître
De jeunes et nombreux amants.
Qu'elle est triste ma destinée!
N'ai-je pas dû former, un jour,
L'un des nœuds de ton hyménée
Sans renoncer à mon amour!   (*bis.*)

Que mon plaisir serait extrême,
Si, n'écoutant que ton bon cœur,
Un jour, tu me disais : « Je t'aime! »
Ah! je goûterais le bonheur.
Tu le sais, du moindre voyage,
A peine suis-je de retour,
Que tu reçois un faible gage
Et de souvenir et d'amour.   (*bis.*)

La nuit, des songes trop rapides
T'offrent sans cesse à mes esprits;
Dans ces instants, presque perfides,
Je crois que nos cœurs sont unis.

Cruelle erreur ! dès que l'aurore
Entr'ouve les portes du jour,
Je cours t'entretenir encore
De tourments que cause l'amour.   (*bis.*)

PENDANT.

AIR : *L'ai-je rêvé? disait, un jour, Adèle.*

L'ai-je rêvé? dis-moi, chère Eugénie,
Qu'un jour, j'osai te presser sur mon cœur,
Puis dérober, sur ta bouche jolie,
Un doux baiser, enivrant de bonheur !....
     L'ai-je rêvé? l'ai-je rêvé?
     L'ai-je rêvé? l'ai-je rêvé?

L'ai-je rêvé? dans le moment suprême
Où, pour toujours, furent unis nos cœurs,
En m'embrassant, tu me disais : « Je t'aime! »
Et de plaisir, moi, je versais des pleurs....
     L'ai-je rêvé? l'ai-je rêvé?
     L'ai-je rêvé? l'ai-je rêvé?

APRÈS.

Samedi, 5 mai 1844.

AIR : *Avec les jeux dans le village.*

Dans sa marche, toujours rapide,
Le temps a détruit, en un jour,
Les sots rêves qu'une perfide
Décorait du beau nom d'amour ;
Bien souvent, une voix discrète
M'avertit de ne point aimer
Cette prude, cette coquette......
Mais, buvons, je veux l'oublier.

Il n'est plus, ce fatal délire
Qui fascinait mes faibles yeux :
Désormais un banal sourire
Ne me rendra plus malheureux.
En échange de la tendresse
Que j'aimais à lui prodiguer,
L'ingrate a des *Tolloux* [1] sans cesse...
Mais, buvons, je veux l'oublier.

Je sens monter à ma figure
Le vif éclat de la pudeur,
En songeant que cette parjure
Disposait de mon noble cœur.
Au sein de la fleur la plus belle
Un ver impur peut se cacher,
De même, au cœur de l'infidèle....
Mais, buvons, je veux l'oublier.

Va! sur ta noire ingratitude,
Jetant le voile du mépris,

[1] Espèce monstre, paysan morvandeau, pur sang, visant au dandynisme.

Je vais retourner à l'étude
De mes auteurs toujours chéris.
Puis, dans ma paisible retraite,
Je relirai, pour me venger,
Tes vers, tes lettres d'amourette......
Mais, buvons, je veux l'oublier.

LISETTE.

Sur une nef légère,
Je voulais, à Cythère,
Voir la belle Cypris;
Sais-tu qu'un tel voyage,
Me dit l'amour surpris,
A causé maint naufrage;
Aux pieds de mes autels
Ta ferveur est si grande
Que des plus pieux mortels
Tu dépasses l'offrande.
Je veux récompenser
Ton ardeur, ta constance,
A l'instant te montrer
Ma suprême puissance,
Sans te laisser sortir
De ta chère patrie,
A tes regards offrir
La reine d'Idalie;

Et, tout en souriant,
Le dieu fit apparaître
Un être ravissant,
Facile à reconnaître ;
Car son port gracieux ,
Sa démarche légère
Soulevaient à mes yeux
Un coin de ce mystère ;
De Vénus , je voyais
Une image parfaite ;
Adorée à jamais......
Je contemplais Lisette.

PRIÈRE A LISETTE.

AIR: *Il pleut, il pleut, bergère.*

Il faut, il faut, Lisette,
Céder à mon amour,
Cesser d'être coquette,
Faire un choix en ce jour.
Le seul Dieu que j'adore
A fait naître en mon cœur
Un feu qui me dévore
Et qui fait mon bonheur.

J'ai quitté, pour te plaire,
Plus d'un brillant boudoir;
Aux salons, je préfère
Ton modeste comptoir.
Si mon œil se repose
Ou sur tes noirs cheveux,
Ou sur ta robe rose,
Je sens doubler mes feux.

Hardiment, je puis dire
Que je n'aime que toi;
Car tu connais l'empire
De tes beaux yeux sur moi.
Sois sensible à mes peines,
Prends pitié de mes pleurs,
Et, sur-le-champ, mes chaînes
Vont se changer en fleurs.

Sur ta bouche charmante,
Sur tes yeux de velour,
Je prendrais, chère amante,
Un baiser chaque jour;

Le dieu de l'harmonie
M'inspirerait des vers
Pour chanter mon amie
Et célébrer mes fers.

MON PLAISIR.

A M. Balastron.

AIR : *Aussitôt que la lumière.*

Quand je suis auprès de Lise,
Je me crois l'égal des Dieux ;
Je défie ou je méprise
Les jaloux , les envieux.
Je ne connais, sur la terre,
Qu'un plaisir, tant il est bon......
Celui de vider mon verre
Et d'être aimé de Lison.

Je me pique d'inconstance
Quand on me parle de vins;
Je bois de tous ceux de France,
Qu'ils soient communs, qu'ils soient fins.
En amour, c'est autre chose,
Il ne me faut que du bon;
Aussi bien, je me propose
De toujours aimer Lison.

Si, d'une simple bouteille,
Je savais me contenter,
Jamais le jus de la treille
Ne me ferait chanceler.
Je n'ai qu'une seule amie,
Ce qui prouve ma raison,
Et si je tiens à la vie
C'est par amour pour Lison.

Un jour, l'inflexible Parque
M'enverra cuver mon vin
Au fond de certaine barque:
Telle est la loi du destin.

Mes amis, si j'y succombe,
Grace à ce divin poison,
Vous graverez sur ma tombe :
Père Jean aima Lison.

BOUTADE.

A M. Parent-Bayle.

AIR : *Tonton, tontaine, tonton.*

J'étais rêveur, près d'une table,
Dans un modeste et cher bouchon,
Tonton, tontaine, tonton,
Quand la bonne, toujours aimable [1],
Auprès de moi mit un flacon,
Tonton, tontaine, tonton.

[1] Pierrette Vial.

Tout aussitôt mon humeur noire
Céda sa place à la raison,
 Tonton, tontaine, tonton,
Bientôt, en me versant à boire,
J'eus ressouvenir de Lison,
 Tonton, tontaine, tonton.

Lison, si bonne et si gentille,
Dont chacun vante le bon ton,
 Tonton, tontaine, tonton,
La plus belle de notre ville
Et peut-être de ce canton,
 Tonton, tontaine, tonton.

Qui, par sa grace et par ses charmes,
Subjuguerait même un Caton,
 Tonton, tontaine, tonton,
Et ferait mettre bas les armes
Aux *lionnes* de maint salon,
 Tonton, tontaine, tonton.

Lison voudrait, dit la chronique,
Imiter en tous points Ninon.....
    Tonton, tontaine, tonton,
D'être galant, moi qui me pique,
Je suis tenté de dire non....
    Tonton, tontaine, tonton.

Mais, s'il vous plaît, j'aime mieux boire
Qu'on m'apporte un second flacon,
    Tonton, tontaine, tonton.
Il me revient à la mémoire,
Que qui répond paie, dit-on.
    Tonton, tontaine, tonton.

LE BOCAGE.

AIR : *Lise, entends-tu l'orage?*

J'avais une maîtresse,
Je croyais son ardeur
Égale à ma tendresse,
Grande était mon erreur ;
Elle avait l'art de plaire,
Feignait de vous aimer,
Hélas! c'est l'ordinaire,
Faut-il donc l'en blâmer?

Ah ! combien je regrette
Certain bois enchanteur
Qui fut, tu sais, Lisette,
Témoin de mon bonheur.

J'aimais, loin de la ville,
Loin des regards jaloux,
Dans ce lieu si tranquille,
M'asseoir à tes genoux.

Un dôme de verdure
Voilait l'astre du jour,
Et, sans bruit ni murmure,
Y pénétrait l'amour ;
Des combats pleins de charmes
Aussitôt avaient lieu ;
Puis je posais les armes
Aux pieds du petit Dieu.

L'écho de la montagne
Répétait ; dans les bois,
Les glougous du champagne
Si bon, certaine fois ;
Jamais grand de la terre,
Pontife ou souverain,
Ne bût dans si beau verre,
J'en lèverais la main.

L'oiseau, sous le feuillage,
Nous charmait par ses chants,
Disait, dans son ramage :
Soyez sans cesse amants.
Je n'ai plus confiance
Aux serments des amours....
Malgré ton inconstance,
Je t'aimerai toujours.

MES ADIEUX A LISETTE.

A M. Henri Paraire.

AIR :

Adieu, charmante Lisette,
Noble idole de mon cœur;
Adieu, sensible Lorette,
Tu fus ma plus belle erreur.
J'étais simple, au point de croire
Qu'un si ravissant trésor
De moi seul serait la gloire...
Ah! que ne le crois-je encor!

Aux bords chéris de·la Seine,
Qui virent mes plus beaux ans,
J'irai raconter la peine
Du plus tendre des amants ;
J'emporterai l'espérance
Que mes maux pourront finir,
Dans ces lieux où l'inconstance
Accompagne le plaisir.

Dès l'aurore matinale,
Au retour d'un mois charmant,
Dans une onde virginale,
Se baigne plus d'un amant ;
Nous aussi, dans la rosée,
Nous aimions à folâtrer,
Et le soir, à la veillée,
Jurer de toujours s'aimer.

J'ai vu la reconnaissance
Dresser ici des autels
A ce héros que la France
Place au rang des immortels ;

Sur les bords d'un lac tranquille [1],

Émaillés de mille fleurs,

Nous y fêtions en famille

Le plus grand des empereurs.

Dans ma nouvelle patrie,

Je vanterai tes vertus ;

Mais, ô ma céleste amie,

Je ne te reverrai plus :

Une volonté suprême

Me domine, il faut partir ;

Vivre loin de ce qu'on aime,

Hélas ! n'est-ce pas mourir ?

[1] La Lieut-mer, c'est un petit lac en forme d'entonnoir, situé sur le penchant d'une colline, à un kilomètre de Moulins-Engilbert ; on croit que c'est le cratère d'un volcan ; telle est, au surplus, l'opinion de M. Gillet. (Voir l'*Annuaire de la Nièvre*, an ix, p. 75.)

On lit dans l'*Almanach de la Nièvre* (année 1845), à l'article *Éphémérides nivernaises :*

« 15 août. — Célébration de la fête Saint-Napoléon, instituée par M. Jaubert aîné, à la *Lieut-mer*, près de Moulins-Engilbert. »

La profondeur de cette excavation est inconnue ; une pierre, jetée au milieu, produit le dégagement d'une foule de bulles d'air qui continuent longtemps à venir éclater à la surface ; il paraît certain que les feux souterrains ont bouleversé jadis ces localités ; la basalte, que l'on y rencontre assez fréquemment, en est la preuve. C'est une curiosité naturelle qui mérite d'être visitée. (*Voyage aux montagnes du Morvan*, par M. A. BOREAU.)

TROP COURTE ERREUR.

HOMMAGE A Mme ESTÈVE.

20 Avril 1845.

Il est des moments dans la vie
Où l'on peut dire : adieu raison,
Et, si j'ai fait mainte folie,
Une , entr'autres, n'a pas de nom ;
Je disais : Fuyons sa présence

21

Jusqu'à Paris volons un jour,

Sachons s'il est vrai que l'absence

Peut nous faire oublier l'amour.

Je partis, charmé de moi-même,

M'applaudissant d'un tel projet,

Mais ce merveilleux stratagème

Produisit un tout autre effet.

Irrité de mon inconstance

A l'égard d'un être charmant,

L'amour dit : j'en aurai vengeance!

Il l'a fit sentir à l'instant...

Il me revint à la mémoire

De son esprit, vingt jolis traits;

Je me rappelais, avec gloire,

Sa grace et ses brillants attraits ;

Je songeais avec quel délice

Je contemplais ses noirs cheveux,

Que, souvent, dans un doux caprice,

Je couvris de baisers de feux,

A son regard, toujours limpide,

Qui laissait lire au fond du cœur ;

Hélas ! ce changement rapide

Remplit mon ame de frayeur.

Loin d'être touché de mes larmes,

De mon sincère repentir,
L'amour riait de mes alarmes
Et semblait y prendre plaisir ;
Mais un jour, je fis un beau rêve,
Rêve parfumé de bonheur,
Je crus la voir.... c'était Estève ;
Dieu ! renouvelez mon erreur.

TABLE.

—

PREMIÈRE PARTIE.

DEUXIÈME PARTIE.

FIN DE LA TABLE.

www.ingramcontent.com/pod-product-compliance
Lightning Source LLC
Chambersburg PA
CBHW051130260626
47170CB00005B/1752